Another Sommer-Time Story™ Bilingual

Three Little Pigs

Los Tres Cerditos

By Carl Sommer
Illustrated by Greg Budwine

Advance PUBLISHING, INC. • HOUSTON
A Division of Sommer Learning Group

Permissions
Advance Publishing, Inc.
6950 Fulton St.
Houston, TX 77022

www.advancepublishing.com

First Edition
Printed in Malaysia

Library of Congress Cataloging-in-Publication Data

Sommer, Carl, 1930-
  [Three little pigs. English & Spanish]
  Three little pigs = Los tres cerditos / by Carl Sommer ; illustrated by Greg Budwine. -- 1st ed.
      p. cm. -- (Another Sommer-time story)
  Summary: Three little pigs leave home to seek their fortunes and have to deal with a threatening
wolf.
    ISBN-13: 978-1-57537-168-9 (library binding : alk. paper)
    ISBN-10: 1-57537-168-5 (library binding : alk. paper)
  [1. Folklore. 2. Pigs--Folklore. 3. Spanish language materials--Bilingual.] I. Budwine, Greg, ill.
II. Three little pigs. English & Spanish. III. Title. IV. Title: 3 little pigs. V. Title: Tres cerditos.

  PZ74.1.S58 2008
  398.24'529633--dc22
  [E]

2008001432

Three Little Pigs

Los Tres Cerditos

Long, long ago in a forest far away there lived a happy family of pigs. There was Papa Pig, Mama Pig, and the three little pigs, Dozey, Pokey, and Hardy.

Hace mucho, mucho tiempo, en un bosque lejano, vivía una feliz familia de cerdos. Eran Papá, Mamá y los tres cerditos: Dormilón, Perezoso y Severo.

5

The three little pigs grew big and strong. Both Papa and Mama had taught them many things. But Dozey would rather do anything than listen to Papa and Mama teach.

Los tres cerditos crecían grandes y fuertes. Papá y Mamá les habían enseñado muchas cosas, pero Dormilón prefería hacer lo que fuera antes que escuchar a Papá y Mamá cuando le enseñaban.

Whenever Papa or Mama gave Dozey work to do, he would always complain, "I don't want to work. I want to play."

Cuando Papá o Mamá le daban a Dormilón trabajo para hacer, él siempre se quejaba, "No quiero trabajar. Quiero jugar".

Whenever Papa or Mama gave Pokey work to do, he would obey. But after a short while he would grumble, "This is hard work! I'm quitting!"

Cuando Papá y Mamá le daban trabajo para hacer a Perezoso, él obedecía, pero después de un rato se quejaba, "¡Este es un trabajo difícil! ¡Renuncio!"

But whenever Papa or Mama gave Hardy work to do, he always listened and obeyed. And even when things got hard, Hardy kept working and working.

Sin embargo, cuando Papá o Mamá le daban a Severo trabajo para hacer, él siempre escuchaba y obedecía. Aún cuando las cosas se ponían difíciles, Severo seguía trabajando y trabajando.

The three little pigs grew and grew. Finally the time came for them to go out on their own.

Before they left, Papa gave them a strong warning. "Make sure you build a sturdy house. If you don't, the big bad wolf can get you. And don't forget to study to learn how to build a sturdy house."

"Okay, Papa," said Hardy and Pokey.

Dozey just yawned. He would never study, for thinking was work. Anyway, he already knew all he needed to know.

After getting lots of hugs and kisses from Papa and Mama, the three pigs waved goodbye.

Los tres cerditos crecían y crecían. Por fin llegó el momento de que salieran de casa para vivir por su cuenta.

Antes de salir, Papá les hizo una fuerte advertencia, "Asegúrense de construir una casa fuerte, porque si no lo hacen, el gran lobo malo puede atraparlos. Y no se olviden de estudiar para aprender cómo construir una casa fuerte".

"Está bien, Papá", dijeron Severo y Perezoso.

Dormilón sólo bostezó. Él nunca estudiaría, porque pensar daba trabajo. De todas formas, él ya sabía todo lo que necesitaba saber.

Después de muchos abrazos y besos de Papá y Mamá, los tres cerditos dijeron adiós.

Dozey decided to build a house quickly. He gathered some straw and built his house fast. As Dozey looked at his house, he stuck out his chest and said, "Look at the fine house *I* built. See, I didn't have to waste my time and study."

Now Dozey no longer had to work and think; he could do what he liked—relax and play.

Dormilón decidió construir una casa rápidamente. Recogió algo de paja y pronto hizo su casa. Mientras Dormilón miraba su casa, sacó el pecho y dijo, "Miren la excelente casa que construí. Lo ven, no tuve que perder mi tiempo estudiando".

Ahora Dormilón ya no tenía que trabajar ni pensar; ya podía hacer lo que le gustaba—descansar y jugar.

Pokey wanted to obey Papa and Mama and build a strong house, but he did not know how. "Maybe I should go to the library and learn about building houses," he said to himself.

But when he found out that the library was far away, he said, "I don't need a library. I can figure out by myself how to build a strong house."

Perezoso quería obedecer a Papá y a Mamá y construir una casa fuerte, pero no sabía como. "Quizá debería ir a la biblioteca y aprender a construir casas", se decía a sí mismo.

Pero cuando descubrió que la biblioteca estaba muy lejos, dijo, "No necesito una biblioteca. Yo puedo calcular por mí mismo cómo hacer una casa fuerte".

But building a house was much harder than he thought. As the sun beat down on Pokey, he became hot and tired.

He looked over at Dozey's house and groaned, "I give up! Dozey is already finished. I'll just quickly finish my house. I can always build a stronger house later when it's not so hot."

Pero construir una casa era mucho más difícil de lo que había pensado. Mientras el sol le daba con fuerza, se sentía acalorado y cansado.

Vio la casa de Dormilón y gimió, "¡Me rindo! Dormilón ya terminó. Terminaré mi casa rápidamente. Puedo construir una casa fuerte después, cuando no haga tanto calor".

"Hooray!" yelled Pokey as he hammered the last nail into his house. "I'm so glad I'm finished!"

He quickly got out his lawn chair and lay down to relax under a big tree. Then Dozey came over to compliment him. "Good job, Pokey! Now you too can relax and play."

"¡Hurra!", gritó Perezoso mientras martillaba el último clavo en su casa. "¡Estoy muy contento de haber terminado!"

Rápidamente sacó su silla de jardín y se recostó bajo un gran árbol para relajarse. Luego Dormilón vino a felicitarlo, "¡Buen trabajo, Perezoso! Ahora tú también puedes descansar y jugar".

Meanwhile, Hardy was barely getting started. Every day he had taken a long walk to the library to learn how to build a strong house.

Mientras tanto, Severo apenas estaba por empezar. Cada día había caminado mucho para ir a la biblioteca y aprender cómo construir una casa fuerte.

After he learned how to build a strong house, he went to the store and bought the proper tools and materials.

Después de haber aprendido cómo construir una casa fuerte, fue a la tienda y compró las herramientas y los materiales apropiados.

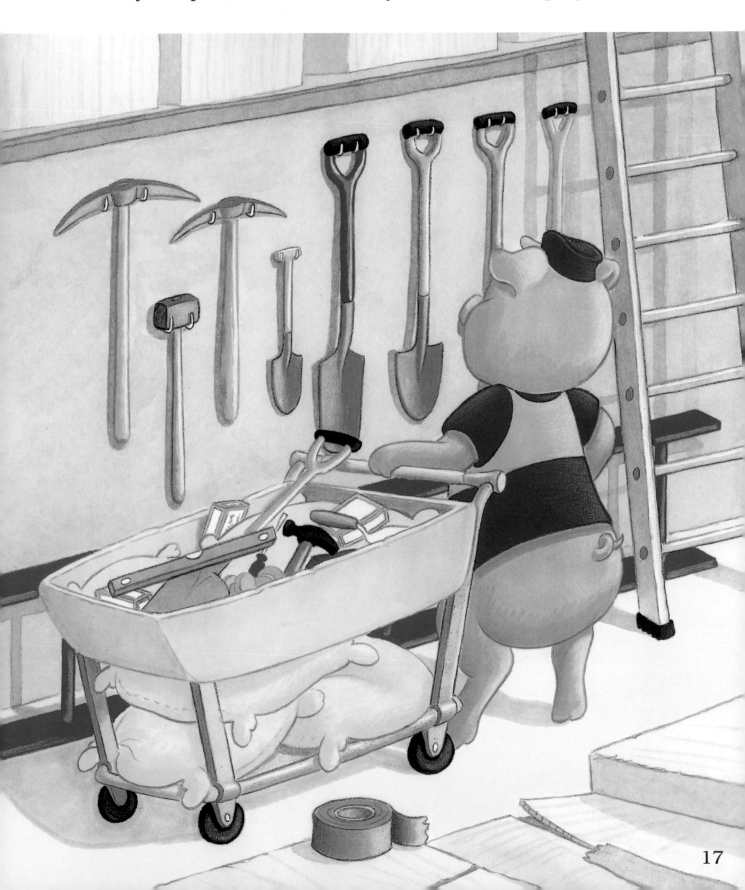

At last it was time to build. Hardy began by digging his basement. The ground was dry and hard. The sun beat down on him, and sweat poured down his face.

"This isn't going to be easy!" said Hardy as he wiped the sweat from his brow.

But he had made up his mind that no amount of hard work would stop him from building a strong house.

Por fin llegó el momento de construir. Severo comenzó por cavar el sótano. El suelo era seco y duro. El sol le pegaba con fuerza y el sudor corría por su cara.

"¡Esto no va a ser fácil!", dijo Severo limpiando el sudor de su frente.

Pero había decidido que ninguna cantidad de trabajo le impediría construir una casa fuerte.

Dozey, who had just awakened from his nap, came strolling by. "Why don't you be smart and build a house like mine?" yawned Dozey. "That way you won't have to work so hard. Then you too can relax and play."

"Oh no!" said Hardy. "I'm building a strong house. Remember, Papa and Mama warned us about the big bad wolf."

Dormilón, que apenas se había despertado de su siesta, paseaba por ahí. "¿Por qué no eres inteligente y construyes una casa como la mía?", dijo Dormilón bostezando. "De esa manera no tendrás que trabajar tan duro. Así tú también podrás relajarte y jugar".

"¡Oh no!", dijo Severo. "Estoy construyendo una casa fuerte. Recuerda que Papá y Mamá nos advirtieron sobre el gran lobo malo".

19

As Hardy began mixing cement to lay the bricks, he got another visitor—Pokey.

"You're working much too hard," warned Pokey. "You need to learn to relax and play. Build a house like mine. You can always build a strong house later when it's not so hot. Why don't you come and play with us?"

Mientras Severo empezaba a mezclar el cemento para poner los ladrillos, llegó otro visitante—Perezoso.

"Estás trabajando demasiado duro", le advirtió Perezoso. "Necesitas aprender a relajarte y jugar. Construye una casa como la mía. Puedes construir una casa fuerte después, cuando no haga tanto calor. ¿Por qué no vienes y juegas con nosotros?"

"Oh no!" said Hardy. "I'm building a strong house *now*. Remember, Papa and Mama warned us about the big bad wolf."

The next day both Dozey and Pokey came to watch Hardy work. "Ha! Ha! Ha!" they teased. "We're already finished building our houses, and we're having lots of fun. Ha! Ha! Ha!"

"You can laugh at me," said Hardy, "but I'm listening to Papa and Mama."

Dozey and Pokey walked away laughing as they hurried off to play.

"¡Oh no!", dijo Severo. "Estoy construyendo una casa fuerte ahora. Recuerda que Papá y Mamá nos advirtieron sobre el gran lobo malo".

Al día siguiente tanto Dormilón como Perezoso vinieron a ver trabajar a Severo. "¡Ja, ja, ja!", se burlaron. "Nosotros ya hemos terminado de construir nuestras casas y nos estamos divirtiendo mucho. ¡Ja, ja, ja!"

"Pueden reírse de mí", dijo Severo, "pero yo hago caso a lo que dijeron Papá y Mamá".

Dormilón y Perezoso se alejaron riendo, apresurados por seguir jugando.

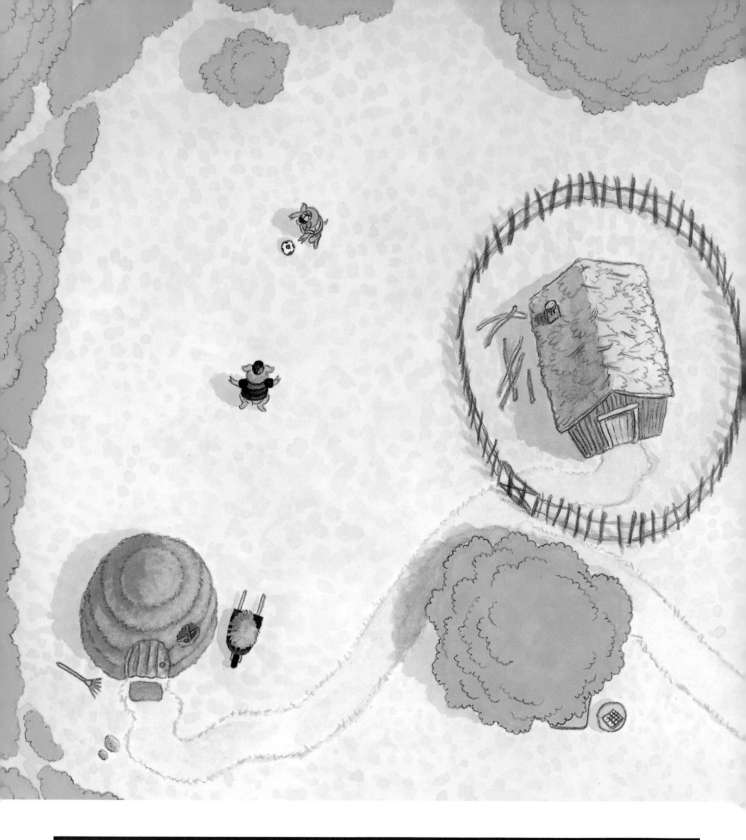

It was hard work, but Hardy never gave up. He had built his house just like the books had told him. As he looked at his sturdy house, he said, "I'm so glad I didn't give up."

Fue un trabajo difícil, pero Severo nunca se dio por vencido. Había construido su casa tal como decían los libros. Al ver su casa firme y fuerte, dijo, "Estoy contento por no haberme rendido".

Although Hardy's house was finished, he was not ready to play. "I have to do one more thing," he said to himself.

Aunque la casa de Severo estaba terminada, aún no estaba listo para jugar. "Tengo que hacer una cosa más", se dijo.

Just then there was a knock at the door. It was Pokey and Dozey.
"Ready to play now?" Pokey asked.

"Not yet," said Hardy as he walked out the door. "I'm going to the library."

"Library?" shouted Dozey and Pokey in amazement. "Don't be so foolish. You need to learn to stop working and studying so hard. Be like us and have some fun!"

But Hardy paid no attention to them. He waved goodbye and went straight to the library.

Justo en ese momento alguien tocó a la puerta. Eran Dormilón y Perezoso.

"¿Estás listo para jugar ahora?", preguntó Perezoso.

"Todavía no", dijo Severo mientras salía por la puerta. "Voy a la biblioteca".

"¿Biblioteca?", gritaron asombrados Dormilón y Perezoso. "No seas tonto. Necesitas aprender a dejar de estudiar y trabajar tan duro. ¡Sé como nosotros y diviértete un poco!"

Pero Severo no les prestó atención. Se despidió y se fue directo a la biblioteca.

At the library, Hardy looked for books about wolves. He wanted to find a way to get rid of the big bad wolf once and for all.

Hardy searched and searched. Then his eyes lit up. He had found the answer! "If that big bad wolf tries to get me," he said to himself, "I'll know just what to do."

En la biblioteca, Severo buscó libros sobre lobos. Quería encontrar la manera de librarse del gran lobo malo de una vez por todas.

Severo buscó y buscó. Entonces sus ojos se iluminaron. ¡Había encontrado la respuesta! "Si ese gran lobo malo trata de atraparme", se dijo, "sé exactamente qué hacer".

One day the big bad wolf did come. He was creeping through the woods looking everywhere to find something to eat.

"Grrrrrrr!" he growled. "I'm starving! I have to find something to eat!"

While prowling through the forest, suddenly the wolf came upon a clearing. He saw three little houses...and one little pig. "Mmmmm! Mmmmm!" he said as he licked his lips. "That little pig

Un día llegó el gran lobo malo. Se arrastraba silenciosamente a través del bosque, mirando por todas partes para encontrar algo para comer.

"¡Grrrrrrr!", gruñó. "¡Me estoy muriendo de hambre! ¡Tengo que encontrar algo para comer!"

Mientras rondaba por el bosque, de repente el lobo llegó a un claro. Vio tres pequeñas casas...y un cerdito. "¡Mmmmm! ¡Mmmmm!", dijo

will make a perfect meal."

His mouth began to water as he headed toward the little straw shack. When Dozey saw the wolf, he ran inside. He shook all over, for he knew his house was not strong enough to keep out the big bad wolf.

"Ha! Ha! Ha!" laughed the wolf when he came near the house. "I'll blow that house down with just one little puff."

mientras se relamía. "Ese cerdito será un banquete perfecto".

Se le llenaba de agua la boca mientras se iba acercando a la pequeña choza de paja. Cuando Dormilón vio al lobo, corrió hacia adentro. Temblaba porque sabía que su casa no era lo suficientemente fuerte para protegerlo del gran lobo malo.

"¡Ja, ja, ja!", se rió el lobo mientras se acercaba a la casa. "Derribaré esa casa con sólo un pequeño soplido".

"Wh-wh-what should I do?" cried Dozey as the hungry wolf came to search his house. Then Dozey got an idea.

When the wolf reached the front of the house, Dozey dashed through the back wall of his house, running as fast as he could to Pokey's house.

"¿Q-q-qué debo hacer?", lloraba Dormilón mientras el hambriento lobo venía a buscarlo a su casa. Entonces Dormilón tuvo una idea.

Cuando el lobo llegó frente a la casa, Dormilón atravesó la pared trasera, y salió corriendo a toda velocidad hacia la casa de Perezoso.

"Let me in! Let me in!" yelled Dozey as he pounded on the door. "The big bad wolf is coming!"

Quickly, Pokey opened the door, and Dozey rushed inside. They went straight to the window. Dozey was shaking all over as he watched the big bad wolf, with just one little puff, blow his house down.

"¡Déjame entrar! ¡Déjame entrar!", gritaba Dormilón mientras golpeaba la puerta. "¡Ahí viene el gran lobo malo!"

Rápidamente Perezoso abrió la puerta, y Dormilón entró con gran prisa. Corrieron directamente hacia la ventana. Dormilón temblaba de arriba a abajo mientras veía al gran lobo malo tirar su casa con un pequeño soplido.

"Ohhhhhh!" cried Dozey. "How foolish of me to build such a flimsy house."

The wolf searched through the rubble, but he could not find Dozey. "He must be next door," the wolf grumbled.

"¡Ohhhhhh!", gritó Dormilón. "Qué tonto de mi al construir una casa tan frágil".

El lobo buscó entre los escombros pero no pudo encontrar a Dormilón. "Debe estar en la casa de al lado", gruñó el lobo.

When Pokey saw the wolf coming, he cried, "What can we do? This house isn't strong enough to keep out that wolf!"

Suddenly, the wolf began to huff and puff at Pokey's wobbly house. Each time he huffed and puffed, part of the house blew away.

"My house is falling apart," groaned Pokey. "What should we do?"

Cuando Perezoso vio venir al lobo, gritó, "¿Qué podemos hacer? ¡Esta casa no es lo suficientemente fuerte para mantener al lobo afuera!"

De repente el lobo empezó a soplar y resoplar a la tambaleante casa de Perezoso. Cada vez que soplaba y resoplaba, se caían pedazos de la casa.

"Mi casa se está derrumbando", gritaba Perezoso. "¿Qué debemos hacer?"

32

"I know what we can do!" whispered Dozey. "Each time the wolf huffs, he closes his eyes. Let's run to Hardy's house the next time the wolf begins to huff!"

"Great idea!" said Pokey.

When the wolf began to huff, they quickly opened the back door and raced to Hardy's house.

"¡Ya sé lo que podemos hacer!", susurró Dormilón. "Cada vez que el lobo sopla, él cierra los ojos. La próxima vez que el lobo comience a soplar, ¡correremos a la casa de Severo!".

"¡Qué gran idea!", dijo Perezoso.

Cuando el lobo comenzó a soplar, abrieron rápidamente la puerta trasera y corrieron a la casa de Severo.

When they came to Hardy's house, they yelled as loud as they could, "Let us in! Let us in! The big bad wolf is after us!"

But there was no answer, and the door was locked. "Hurry up, Hardy!" they screamed. "Let us in!"

Still, no answer. "Oh, no!" cried Dozey. "He's not home!"

They looked around and saw the roof fly off of Pokey's house. Then the wolf blew again, and the rest of the house came down.

"Ohhhhh!" moaned Pokey. "There goes all my hard work."

Cuando llegaron a la casa de Severo, gritaron lo más fuerte que pudieron, "¡Déjanos entrar! ¡Déjanos entrar! ¡El gran lobo malo nos está persiguiendo!"

Pero no hubo respuesta, y la puerta estaba cerrada. "¡Apúrate Severo!", le gritaron, "¡Déjanos entrar!"

Seguía sin haber respuesta. "¡Oh, no!", gritó Dormilón. "¡No está en casa!"

Voltearon y vieron volar el techo de la casa de Perezoso. Después el lobo sopló de nuevo, y el resto de la casa se cayó.

"¡Ohhhhh!", gimió Perezoso. "Ahí va todo mi duro trabajo".

The hungry wolf searched through the rubble for Dozey and Pokey, but he could not find them. Now he was not only hungry— he was mad—very mad.

"I'll catch them yet!" snarled the wolf as he headed straight for Hardy's house.

"Oh no!" cried Dozey. "The big bad wolf is sure to get us now!" Suddenly, Dozey turned and shouted, "Look!"

El hambriento lobo buscó a Perezoso y a Dormilón entre los escombros, pero no los pudo encontrar. Ahora no sólo estaba hambriento—estaba enojado—muy enojado.

"¡Ahora sí los atraparé!", refunfuñó el lobo mientras se dirigía directamente a la casa de Severo.

"¡Oh, no!", dijo Dormilón angustiado. "¡Ahora sí es seguro que el gran lobo malo nos atrapará!"

De repente, Dormilón volteó y gritó, "¡Mira!"

It was Hardy opening the gate. "Hi, Dozey and Pokey," he called. "What's—?"

"Hurry!" they screamed. "The big bad wolf is coming!"

Hardy turned and spotted the wolf. He raced for the door. The wolf jumped over the fence and ran towards them.

Era Severo abriendo la puerta. "Hola Dormilón y Perezoso", les dijo. "¿Cómo—?"

"¡Rápido!", le gritaron a Severo. "¡Ahí viene el gran lobo malo!"

Severo volteó y vio al lobo, luego corrió hacia la puerta. El lobo saltó la cerca y corrió hacia ellos.

Hardy threw open the door, and they dashed inside.

In a flash, the wolf was at the house, but he was too late. Hardy slammed the door in his face. And before the wolf could blink, Hardy bolted the door shut.

Severo abrió la puerta y entraron corriendo.

En un instante el lobo estaba en la casa, pero era demasiado tarde. Severo azotó la puerta en su cara. Y antes de que el lobo pudiera parpadear, Severo cerró la puerta con llave.

Now the wolf was furious. "You won't get away from me this time!" he roared. "I'll blow this house down just like the other two. Then you'll have no place to run!"

He braced himself and took a deep breath. Suddenly, a mighty blast of wind ripped across the little brick house.

But nothing happened.

Ahora el lobo estaba furioso. "¡Esta vez no se me escaparán!", rugió. "Derribaré esta casa igual que las otras dos. Después de eso no tendrán ningún lugar adonde correr".

Se preparó y respiró profundamente. De repente, una fuerte ráfaga de viento pegó contra la pequeña casa de ladrillos.

Pero no sucedió nada.

He huffed and puffed and blew again. Leaves and branches flew off the trees. Garden tools and fence boards flew everywhere, but nothing happened to the house.

The wolf huffed and puffed...and huffed and puffed some more! He huffed and puffed so hard that his insides hurt. But with all his huffing and puffing, he could not blow the house down.

Sopló y sopló una y otra vez. Las hojas y las ramas de los árboles salieron volando. Las herramientas del jardín y las tablas de la cerca volaban por todos lados, pero a la casa no le pasaba nada.

El lobo sopló y sopló...¡y aún más y más! Sopló y sopló tan fuerte que le dolía por dentro, pero a pesar de tanto soplar y soplar, no pudo derribar la casa.

"You did it!" shouted Pokey. "You did it! You built a house that's stronger than the big bad wolf!"

"Hooray!" yelled Dozey. "Now he'll finally leave us alone!"

"I don't think so," answered Hardy as he hurried into the kitchen. Hardy had read all about wolves, and he knew that this wolf was not about to give up.

"¡Lo lograste!", gritó Perezoso. "¡Lo lograste! ¡Construiste una casa más fuerte que el gran lobo malo!"

"¡Hurra!", gritó Dormilón. "¡Por fin nos dejará en paz!"

"No lo creo", contestó Severo mientras entraba de prisa en la cocina. Severo había leído todo acerca de los lobos, y sabía que este lobo no se iba a rendir.

Hardy was right. The angry wolf walked up to the house, and with a single leap, jumped on the roof. He began to scratch, jump, and pound on the roof. "I'll show them," he said. "I'll make a hole in the roof, and then I'll crawl through."

But the roof was much too strong to crush. Then he sat down to decide what he should do next. "I'm not giving up!" he growled.

Severo tenía razón. El hambriento lobo se acercó a la casa, y de un sólo salto se trepó al techo. Comenzó a brincar y a golpear y a arañar el techo. "Ahora verán", dijo, "Haré un hoyo en el techo, y entraré por él".

Pero el techo era demasiado fuerte para poder romperlo. Entonces se sentó para decidir qué era lo siguiente que debía hacer. "¡No me voy a dar por vencido!", gruñó.

41

The wolf thought and thought. Then he let out a wicked laugh, "Ha! Ha! Ha! I'll surely get them now! I'll just slide down the chimney."

The proud wolf, grinning from ear to ear, began to climb down the chimney. "I'll get you now!" he shouted down the chimney. When Dozey and Pokey heard the wolf, they dashed into the kitchen to get Hardy.

El lobo pensó y pensó. Entonces comenzó a reírse maliciosamente, "¡Ja, ja, ja! ¡Seguro que ahora sí los atraparé! Me deslizaré por la chimenea".

El lobo orgulloso, sonriendo de oreja a oreja, comenzó a bajar por la chimenea. "¡Ahora sí los atraparé!", gritó mientras bajaba por la chimenea. Cuando Dormilón y Perezoso escucharon al lobo, entraron corriendo a la cocina para buscar a Severo.

Hardy was standing by the stove.

"Hardy!" cried Pokey and Dozey. "The wolf is going to get us! This is no time to prepare a meal for us!"

But Hardy was not cooking. He had prepared a surprise for the wolf...a big pot of boiling water.

Severo estaba parado al lado de la estufa.

"¡Severo!", gritaron angustiados Dormilón y Perezoso. "¡El lobo nos va atrapar! ¡No es momento para que nos hagas de comer!"

Pero Severo no estaba cocinando. Había preparado una sorpresa para el lobo...una gran olla con agua hirviendo.

Just as Hardy put the big pot into the fireplace, the big bad wolf slid right into the boiling water!
There was one loud yell, and that was the end of the big bad wolf.

En el momento en que Severo ponía la gran olla en la chimenea, ¡el gran lobo malo se deslizó justo en el agua hirviendo!
Se oyó un fuerte alarido, y ese fue el fin del gran lobo malo.

The three pigs ran outside and danced for joy. "I'm so glad you listened to Papa and Mama and built a strong house," Dozey told Hardy.

"I'm sure glad you *didn't* listen to us!" said Pokey.

"I am too," laughed Hardy. "But now that the wolf is gone, let's have some fun and play ball."

"Oh no!" said Pokey and Dozey. "We have work to do!"

Off they went to build new, strong houses, just like Hardy's. They had learned their lessons—listen and work hard.

And that is why they lived happily ever after.

Los tres cerditos salieron corriendo y se pusieron a bailar de alegría. "Estoy muy contento porque escuchaste a Papá y a Mamá y construiste una casa fuerte", dijo Dormilón a Severo.

"¡Estoy muy contento porque *no* nos escuchaste a nosotros"!, dijo Perezoso.

"Yo también", rió Severo. "Pero ahora que el lobo se ha ido, vamos a divertirnos un poco y a jugar con la pelota".

"¡No!", dijeron Dormilón y Perezoso. "¡Tenemos trabajo que hacer!"

Y se fueron a construir sus casas nuevas y fuertes, igual que la de Severo. Habían aprendido la lección—escuchar y trabajar duro.

Y así vivieron felices para siempre.

Read Exciting Character-Building Adventures
★★★ Bilingual Another Sommer-Time Stories ★★★

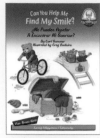
978-1-57537-150-4

978-1-57537-151-1

978-1-57537-152-8

978-1-57537-153-5

978-1-57537-154-2

978-1-57537-155-9

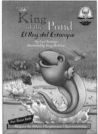
978-1-57537-156-6

978-1-57537-157-3

978-1-57537-158-0

978-1-57537-159-7

978-1-57537-160-3

978-1-57537-161-0

All 24 Books Are Available As Bilingual Read-Alongs on CD

English Narration by Award-Winning Author Carl Sommer
Spanish Narration by 12-Time Emmy
Award-Winner Robert Moutal

ANOTHER SOMMER-TIME STORY
Fun Times With Timeless Virtues
Bilingual Series

Also Available!
24 Another Sommer-Time Adventures on DVD

English & Spanish

978-1-57537-162-7

978-1-57537-163-4

978-1-57537-164-1

978-1-57537-165-8

978-1-57537-166-5

978-1-57537-167-2

978-1-57537-168-9

978-1-57537-169-6

978-1-57537-170-2

978-1-57537-171-9

978-1-57537-172-6

978-1-57537-173-3

ISBN/Set of 24 Books—978-1-57537-174-0
ISBN/Set of 24 DVDs—978-1-57537-898-5

ISBN/Set of 24 Books with Read-Alongs—978-1-57537-199-3
ISBN/Set of 24 Books with DVDs—978-1-57537-899-2

For More Information Visit www.AdvancePublishing.com/bilingual